# サブキャラたちの日本昔話

斉藤 洋・作　広瀬 弦・絵

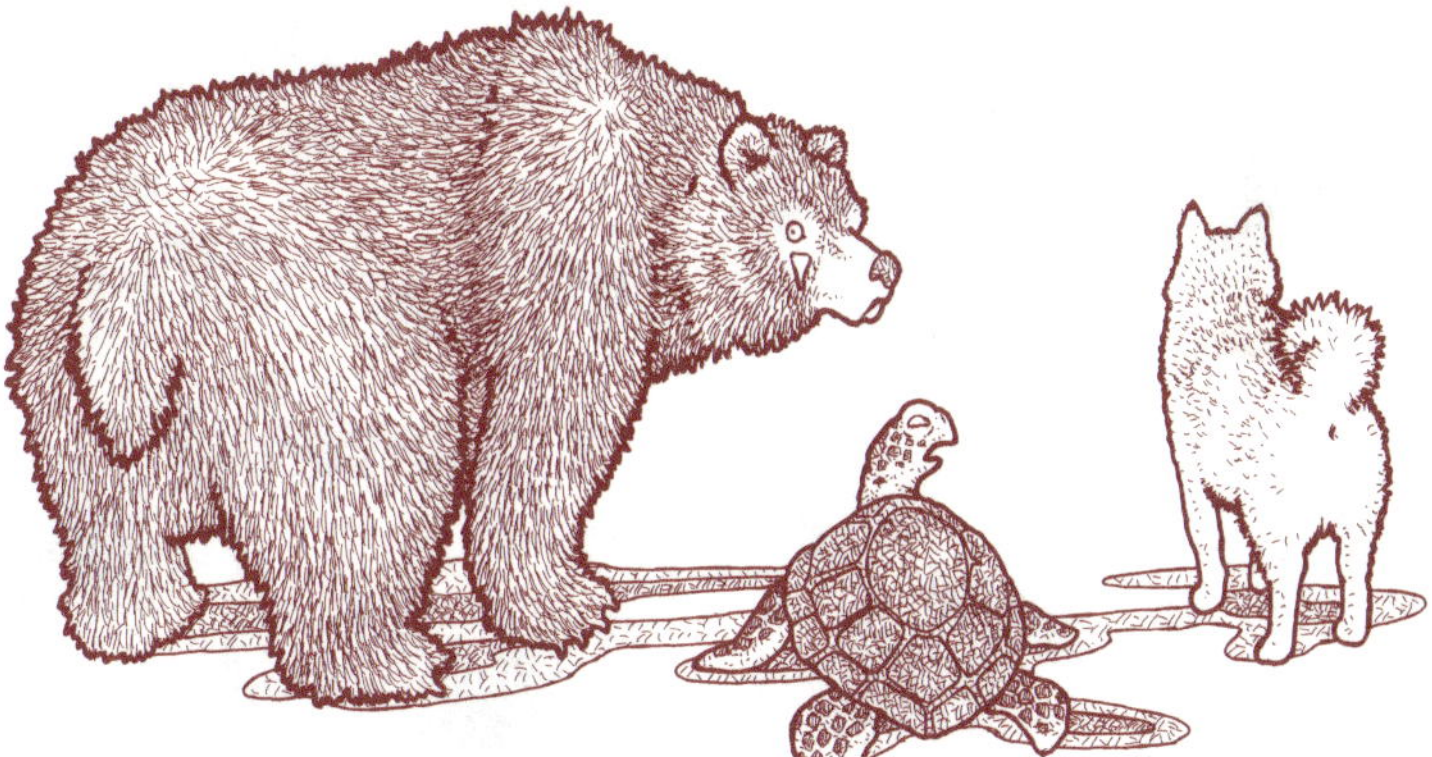

偕成社

# サブキャラたちの日本昔話

# もくじ

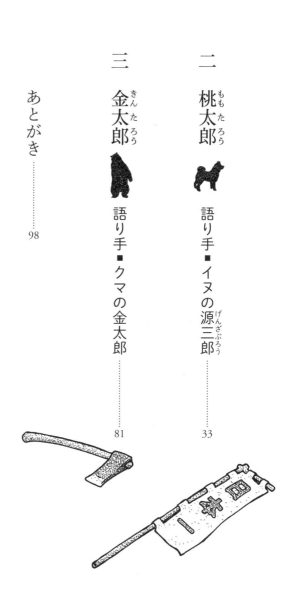

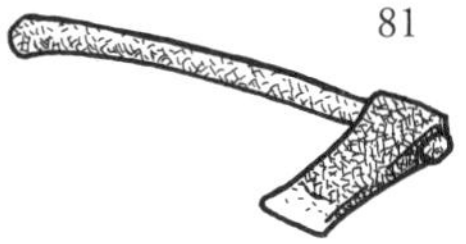

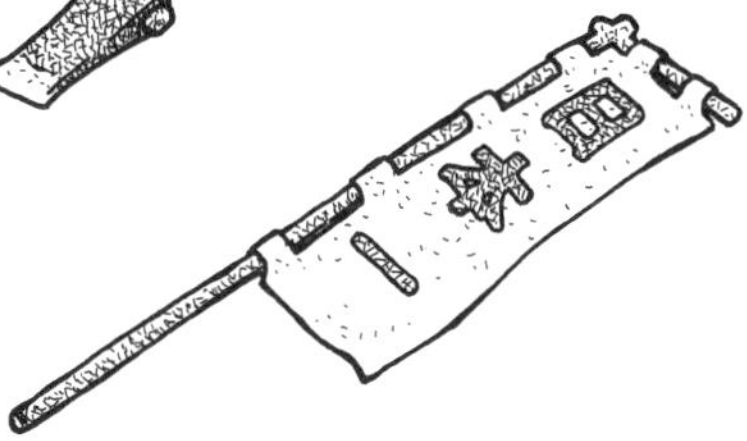

# まえがき

『桃太郎《ももたろう》』と『浦島太郎《うらしまたろう》』は日本の昔話の、いわば両横綱《りょうよこづな》です。わたしのかってな思いこみかもしれませんが、十歳以上《さいいじょう》の日本の少年少女で、このふたつの昔話を知らない人はほとんどいないでしょう。

「むかし、むかし、あるところに……。」

という言葉を聞いたら、そのあとは、

「おじいさんとおばあさんがいました。おじいさんは山にしばかりに……。」

とつづくか、さもなければ、

「浦島太郎という漁師《りょうし》がおりました。」

となるかの、どちらかを思いうかべるのではないでしょうか。

それくらい、『桃太郎』と『浦島太郎』は有名で、たいていの人はストーリーを話せるのではないでしょうか。

それでは、たとえば、『金太郎《きんたろう》』はどうでしょう。ストーリーを話せても、「むかし、むかし、金太郎という男の子がいました。ある日、金太郎はクマとすもうをとり、勝ちました。それから金太郎は太い木をたおして、川にかかる橋を造《つく》りました。そういうことを見こまれて、金太郎はさむらいになりました。」で終わってしまうのではないでしょうか。

そりゃあ、子どものころクマとすもうをとって勝つくらいなら、おとなになって、さむらいくらいにはなるだろう……で、そこにはなんの謎《なぞ》もありません。謎があるとすれば、いったい小さな子どもがクマとすもうをとるだろうか、しかも、クマに勝つだろうか、ということだけです。

わたしはそう思っていました。

では、『桃太郎《ももたろう》』と『浦島太郎《うらしまたろう》』はどうでしょう?

桃太郎の誕生《たんじょう》は衝撃的《しょうげきてき》です。子どもがすもうでクマに勝つことより、ずっとショッキングです。いえ、それよりもっとまえ、そもそも大きな桃《もも》が川上から流れてくることがすでに衝撃的《しょうげきてき》です。

桃《もも》には赤《あか》ん坊《ぼう》が入っているのですから、かなり大きいはずです。そんな大きい桃を見たことがありますか？　しかも、八百屋《やおや》さんにいってしらべるまでもなく、桃がスイカよりもやわらかく、ちょっとぶつければ、いたんでしまうことは常識《じょうしき》です。

『桃太郎《ももたろう》』の話では、流れてきた桃がいたんでいたとも、いたんでいなかったともいわれていませんが、少なくとも、おばあさんが持ち帰って、おじいさんと食べようとしたくらいには、いたんでいなかったのです。

桃がどのあたりから流れてきたのか、それはわかりませんが、流れてくるうちには、岸や川の中の岩石にぶつかって、あちこち茶色くなっていたにちがいないのに、話の中では、そんなことはひとこともいわれていません。

桃太郎は大きくなって、鬼ケ島《おにがしま》に鬼退治《おにたいじ》にいきます。そして、とちゅうでイヌ、サル、キジに会います。桃太郎はそれぞれにきびだんごをひとつずつやり、家来《けらい》にします。イヌ、サル、キジは、桃太郎の行き先を知らずに、家来になったわけではないでしょう。行き先は鬼ヶ島《おにがしま》だということを桃太郎《ももたろう》から聞いて、その上で、きびだんごをもらって、家来《けらい》になったのです。

いいですか。行き先はリゾート地ではないのです。鬼《おに》が住んでいる鬼ヶ島です。しかも、桃太郎はそこにいって、鬼退治《おにたいじ》をしようとしているのです。桃太郎はともかく、イヌとサルとキジが生還《せいかん》できる可能性《かのうせい》はどれくらいあるでしょうか。いったい、きびだんごひとつで、見も知らぬあいての家来になって、死地《しち》におもむく者がいるでしょうか……、とまあ、桃太郎が鬼ヶ島につくまでに、すでに謎《なぞ》が生まれてしまうのです。

それから、鬼ヶ島に鬼がどれだけいたかわかりませんが、ひとりやふたりではないはずです。わたしの印象《いんしょう》では、少なく見積《みつ》もっても、五十くらいはいたのではないかと思うのです。

いくら桃太郎が強いといっても、桃太郎とイヌとサルとキジで、おおぜいの鬼たちと戦《たたか》い、どうして勝つことができたのか、それも謎です。

次に『浦島太郎《うらしまたろう》』です。

浦島太郎《うらしまたろう》が助けたカメはたぶん、オスだろうと思うのです。なぜなら、浦島太郎をむかえにきたとき、

「浦島さん。わたしはこのあいだ、あなたに助けられたカメです。助けてくれたお礼に、竜宮城《りゅうぐうじょう》にご案内《あんない》いたしましょう。」

というふうにいうわけですが、これはどちらかというと男言葉ではないでしょうか。

カメがメスなら、

「浦島様。わたくし、先日あなたにお助けいただいたカメでございます。助けていただいたお礼に、竜宮城にご案内さしあげましょう。」

というようなふうにいうのではないかという気がするのです。

それから、浦島太郎はカメのせなかに乗って竜宮城にいくわけですが、メスのカメのせなかより、オスのカメのせなかのほうが、遠慮《えんりょ》なく乗れるように思えます。

もちろん、言葉づかいにしても、せなかのことについても、カメがオスだという証《しょう》拠《こ》にはなりません。また、お話の中では、カメがオスだとも、メスだともいわれてい

ません。ですから、もしかすると、カメはメスだったのかもしれないのですが、どうしてもわたしにはオスだったように思えるのです。

あのカメがオスだろうが、メスだろうが、そんなことはどっちだっていいではないかと思われるかもしれませんが、じつは、それはどうでもいいどころか、とても重要《じゅうよう》なことなのです。なぜなら、もしあのカメがオスなら、重大な疑問《ぎもん》が生じるからです。

それはこういうことです。メスのカメなら、産卵《さんらん》のため、浜辺《はまべ》にあがってきますが、もしオスなら、なぜ浜辺にあがり、しかも、まぬけなことに、人間の子どもたちにつかまってしまったのかということです。

乙姫《おとひめ》は、カメを助けてもらったということで、浦島太郎《うらしまたろう》を竜宮《りゅうぐう》に招待《しょうたい》するのです。ということは、カメは乙姫にとっても、また竜宮という国にとっても、重要なカメだったはずです。そうだとすれば、そんなまぬけなはずはありません!

とまあ、そういうこともふくめて、じっさいはどうだったのかをカメにきいてみたいと、わたしがそう思ったとしても、不思議《ふしぎ》はないでしょう。

カメを呼《よ》んで話を聞くなら、桃太郎《ももたろう》のイヌからも、話を聞くべきです。なぜなら、『桃太郎』と『浦島太郎《うらしまたろう》』は日本昔話の両横綱《りょうよこづな》だからです。

それから『金太郎《きんたろう》』ですが、これは、わたしがカメとイヌに話を聞いたあと、しばらくして、金太郎と名乗るクマがやってきて、話していったものです。聞いたのは三番目ですから、三話目におきました。

こう見えても、わたしはネコからあずかった原稿《げんこう》を本にしたこともあるのです。浦島太郎のカメや桃太郎のイヌ、そして金太郎のクマに会って、じっさいに話を聞いたといっても、信《しん》じてもらえるでしょう。

このあとの三つの話は、わたしが聞いたことを、聞いたとおりに書きとったものです。おそらく、これを読めば、いくつもの謎《なぞ》がとけ、ああ、そういうことだったのかと、すっきりした気分になれると思います。

そうそう、ひとつおことわりしておかねばならないことがあります。

わたしはおとなです。それから、話をしてくれた語り手たちもおとなです。ですから、話はすべて、おとながおとなに話したものです。わたしはそれを一字一句《いちじいっく》ちがえないように書きとったのです。ここはこう書いたほうがわかりやすいから、書きなおしたというようなところは一か所もありません。ですから、つまり、おとながおとなに話した話ですから、子どもにはわかりにくいところがあるかもしれません。その点、あらかじめご了承《りょうしょう》ください。

# 一

# 浦島太郎《うらしまたろう》

語り手■竜宮国右大将《りゅうぐうこくうだいしょう》　玄武《げんぶ》

わしの名は玄武《げんぶ》。竜宮《りゅうぐう》の右大将《うだいしょう》だ。

あれはわしが竜宮の左少将《さしょうしょう》のころだった。

竜宮にはふたつの門があり、表むきの用は右門、裏《うら》むきの用が左門だ。表むきというのは、正式というか公式というか、そういうことで、裏むきというのは、非公式《ひこうしき》というか私的《してき》というか、そういうことだ。

たとえば、陛下《へいか》が外にお出ましになるとき、それが公用なら右門、私用《しよう》なら左門からお出になるということになる。

陛下というのは、もちろん乙姫陛下《おとひめへいか》だ。

それぞれの門の長《おさ》は大将《たいしょう》で、その下が中将《ちゅうじょう》、少将《しょうしょう》とつづく。それぞれひとりずつしかいないから、今時《いまどき》の日本の言葉でもうせば、少将というのはその門のナンバー・スリーということになる。

しかし、そうはいっても、わしらはただの門番ではないし、いつもその門にいるわけでもない。役所は竜宮の中心、陛下の御所《ごしょ》の近くにある。門を守るのが任務《にんむ》だが、それは竜宮《りゅうぐう》を守るということで、つまり、外交と軍事《ぐんじ》にかかわるいっさいのことがわしらの職域《しょくいき》なのだ。

竜宮というのは人間の世界から見れば異界《いかい》だ。人間の世界とは直接《ちょくせつ》にはつながっていない。たとえていうなら、川の両岸のようなものだ。川をわたるには橋がいる。竜宮と人間の世界にかかる橋があるとすれば、それは海だ。つまり、人間の世界から竜宮にいくためには、海をこえなければならない。

橋についての問題は、川の両岸に住む住民《じゅうみん》の問題だから、たとえば橋がこわれたりしたら、両岸の住民がそれをなおす義務《ぎむ》がある。それと同じで、海のことについては、竜宮にも人間の世界にも責任《せきにん》がある。

たとえばウミガメの産卵《さんらん》などもそうだ。ウミガメについては、竜宮にも、人間の世界にも責任があるのだ。

ウミガメといっても、わしはふつうのウミガメではないから、わしについては、人間の世界に責任はなく、もっぱら竜宮が責任を負《お》うことになる。

ウミガメは浜辺《はまべ》で産卵《さんらん》する。それであのとき、わしは竜宮《りゅうぐう》の左少将《さしょうしょう》として、ひそかにメスのウミガメたちの産卵の護衛《ごえい》をしておったのだ。

ウミガメは夜に浜辺にあがって産卵するのだが、何匹《なんびき》もいたウミガメのうち、一匹の若《わか》いウミガメが早まって、日があるうちに、浜《はま》にあがろうとしてしまった。そこをあの漁村《ぎょそん》のおろかな子どもたちが見つけ、その若いメスのウミガメをつかまえようとしたのだ。

子どもは六人いた。

むろん、ほうってはおけない。

わしは、どっと浜にあがり、メスのウミガメと人間の子どもたちのあいだにわって入ると同時に、メスのウミガメを海に押《お》しもどした。しかし、その押しもどされたメスのウミガメを子どもたちのうちの三人が追おうとしたのだ。

メスのウミガメは文字どおり身重《みおも》なのだ。このままではつかまってしまうかもしれないと思ったわしは、わしのそばにいた三人の子どもにおそいかかった。

「わっ！」

と、ひとりが声をあげた。

もうひとりが、メスのウミガメを追っていく三人にむかってさけんだ。

「そっちはほっとけ！　こっちだ、こっちだ！」

わしは竜宮《りゅうぐう》の左少将《さしょうしょう》だったのだ。

ウミガメの産卵《さんらん》は竜宮にとって、表むきのことではなく、ひそかに援助《えんじょ》することだ。

だからこそ、わしがそこに派遣《はけん》されていたのだ。

竜宮に帰って、

「メスのウミガメが一匹《ぴき》、人間につかまりました。」

ではすまない。

わしはそのメスのウミガメが逃《に》げきるまで、六人の子どもたちをそこに引きとめておかねばならない。

そのメスのウミガメはなにしろ若《わか》く、万事未経験《ばんじみけいけん》だった。そういうときはさっさと逃《に》げればいいのに、ふりむきふりむきしながら、海にもどっていくから、おそくてしかたがない。

そうこうするうちに、わしは子どもたちにつかまってしまったのだ。

今思うと、あの六人の子どもたちは、ほんとうにおろかであった。

ウミガメの甲羅《こうら》は鼈甲《べっこう》といって、人間の世界では高価《こうか》なのだ。しかも、わしはふつうのウミガメではない。わしを無傷《むきず》で鼈甲商人に売れば、家の一軒《けん》や二軒、建《た》とうというものだ。それなのに、よってたかって、わしの甲羅を棒《ぼう》で打ったのだ。

打たれながら、わしは思った。

自分たちの勝ちだとわかったあいてを棒で打つなど、おろかであるばかりではなく、さむらいの子でないとな。

当時はまだ、日本にはさむらいがいたのだ。わしの知っているかぎり、まともなさむらいなら、おとなも子どもも、そんなことはしない。

わしが棒で打たれているところにやってきた若《わか》い男が浦島太郎《うらしまたろう》だ。むろん、そのと

きは名はわからなかったが。

浦島太郎《うらしまたろう》はわしのことを気《き》の毒《どく》に思ったのだろう。

「窮鳥懐《きゅうちょうふところ》に入《い》れば、猟師《りょうし》も殺《ころ》さず……。」

とつぶやいて、金の入っている巾着《きんちゃく》ごと、子どもたちにくれてやり、

「そのカメをはなしてやりなさい。」

といったのだ。

いちばん年上らしい少年がその巾着をうけとると、すぐ近くにいた少年の両てのひらに、巾着のなかみを出した。

それは、漁師《りょうし》の家が建《た》つどころか、六人であめを買ったら終わりというほどの金だった。だが、年上の少年はその金で満足《まんぞく》し、わしを浦島太郎《うらしまたろう》に売った。

そんなはした金《がね》で売るとは、おろかしいかぎりだが、そのおろかしさのおかげで、わしは命びろいした。

むろん、わしは人間の言葉がわかり、話せも、書けもしたが、しかし、そこで、

「かたじけない。」

と礼をいっては、こちらの正体が露見《ろけん》してしまうかもしれないから、だまって、海に去った。

そして、その夜、すべてのウミガメの産卵《さんらん》が終わってから、わしは竜宮《りゅうぐう》に帰ったのだ。どんな形であれ、人間と接触《せっしょく》したら、それは陛下《へいか》に直接報告《ちょくせつほうこく》しなければならない。わしは気がすすまなかったが、すべてを陛下に報告した。

わしの報告をお聞きになり、陛下はおおせられた。

「そちは竜宮の左少将《さしょうしょう》です。それを助けてくださったのなら、礼をせずには竜宮の義理《ぎり》が立ちません。すぐにもどって、そのかたを竜宮におつれしなさい。」

報告することが気がすすまなかったのは、そういうことになるからだ。

陛下もわしも今よりは若《わか》かった。

たとえ多少の恩《おん》があっても、人間を竜宮に呼《よ》ぶべきではないのだ。

もし経験《けいけん》ゆたかな女王であれば、

「それはよかった。」

で終わりだ。

また、わしも、もし今なら、陛下《へいか》に報告《ほうこく》などしない。そんなことを陛下のお耳に入れても、陛下がおこまりになるだけではないか。つまらない規則《きそく》より竜宮《りゅうぐう》がだいじだ。人間を竜宮に呼《よ》べば、竜宮のことが人間に露見《ろけん》する。そうなれば、ろくなことにはならないだろう。

しかし、いつでも陛下の命令《めいれい》は絶対《ぜったい》だ。

「すぐにもどって、そのかたを竜宮におつれしなさい。」

と命じられれば、そのとおりにせねばならない。

わしはさっそく浜辺《はまべ》にもどった。しかし、もちろん、そこにはわしを助けた男はいなかった。

男は漁師《りょうし》のかっこうをしていた。ということは、近くに住んでいるということだ。

わしは何日も沖《おき》から浜辺を見張《みは》り、十日後の夕刻《ゆうこく》、男が浜辺を歩いているのを見つけた。

わしはすぐに浜辺《はまべ》に泳いでいき、男に声をかけた。そして、助けてくれた礼に、竜《りゅう》宮《ぐう》に招待《しょうたい》するともうしいれた。

男は最初《さいしょ》はおどろいたが、わしと話しているうちに、そのおどろきもおさまり、

「そういうことなら、つれていっていただこうか。漁師《りょうし》に身をやつし、ここで魚をとっていても、埒《らち》があきそうもない。」

といった。

その言葉で、わしは、男が本来の漁師ではないことがわかった。それで、名をたずねると、男は、

「浦島太郎《うらしまたろう》ともうす。」

といった。

浦島太郎ということは、浦島が苗字《みょうじ》で太郎が名だ。

そのころ、日本で、ふつう漁師や農民《のうみん》に苗字はなかったのだ。

漁師《りょうし》に身をやつしということは、漁師のふりをしているということだ。つまり、さむらいが漁師のふりをして、生活をしているということだろう。

考えてみれば、小学校もない当時の漁村《ぎょそん》の漁師では、〈窮鳥懐《きゅうちょうふところ》に入《い》れば、猟師《りょうし》も殺《ころ》さず。〉という言葉など、知る者はいなかっただろう。

そのようなしだいで、わしは浦島太郎《うらしまたろう》をせなかに乗せて、竜宮《りゅうぐう》につれていったのだ。

世間では、陛下《へいか》と浦島太郎が深い関係《かんけい》になったというような不埒《ふらち》なことをいう者もいるようだが、そのようなことはない。

浦島太郎はひかえめで、遠慮《えんりょ》がちな青年だった。

陛下はできるかぎりの歓待《かんたい》をした。

しかし、酒を飲んでも、料理《りょうり》を食べても、浦島太郎はただほほえむだけで、すごくうれしいというふうではなかった。

陛下が会食されるとき、わしはいつもそばにはべっていたが、陛下が浦島太郎を、

「浦島殿《どの》。」

と呼《よ》んだとき、浦島太郎《うらしまたろう》はこういった。

「じつは、わたくしは浦島太郎という名ではないのです。ゆえあって、名はもうせませんが、とあるおかたの家臣《かしん》で、そのおかたは源平《げんぺい》の合戦《かっせん》のおり、源氏《げんじ》の田舎武者《いなかむしゃ》に討《う》ちとられ、まだ二十歳《はたち》にもならぬ若《わか》さで、首をはねられました。わたしはその仇《かたき》を討たねばならないのです。しかし、仇の田舎武者はのちに出家し、僧《そう》になってしまいました。僧を殺《ころ》すわけにはいきません。それに、考えてみれば、ほんとうの仇はその者ではなく、その者の主人、今の征夷大将軍《せいいたいしょうぐん》、源頼朝《みなもとのよりとも》です。これを討とうとしても、万にひとつも成功《せいこう》しないでしょう。ですが、だからといって、手をこまねいてはいられません。わたしは鎌倉《かまくら》の浜《はま》に漁師《りょうし》として住み、頼朝がとおりかかるのを待っているのです。ですから、こうして、ここにいつまでもいるわけにはまいりません。そろそろおいとましたいと思います。」

それは浦島太郎が竜宮《りゅうぐう》にきて、まだ三日目のことだった。

陛下《へいか》はおっしゃった。

「浦島殿《うらしまどの》。わたしの左少将《さしょうしょう》の命を救《すく》っていただいたお礼に、この竜宮《りゅうぐう》に何日でも、何年でもおとどまりいただきたいのですが、さようなことであれば、是非《ぜひ》もありません。せめて、あなたの仇討《かたきう》ちの手助けをさせていただきましょう。とはいえ、竜宮の軍勢《ぐんぜい》をお貸《か》しするわけにはいかぬので、あるものをさしあげます。それさえあれば、その頼《より》朝《とも》とやらに、何十、何百の護衛《ごえい》がいようとも、かならず討《う》ちとることができましょう。」

それから陛下《へいか》はわしに命じられた。

「玉手箱《たまてばこ》をもて。」

竜宮にはいくつもの玉手箱があるが、陛下のおおせの玉手箱がどの玉手箱か、わしにはすぐにわかった。

「かしこまりました。」

と、わしは、その玉手箱を宝物庫《ほうもつこ》から持ってくると、陛下にさしだした。

陛下は浦島太郎《うらしまたろう》におっしゃった。

「頼朝とやらが護衛を引きつれて、浜《はま》をとおりかかったら、ひもをほどき、この箱を頼朝《よりとも》にむかって投げつけるのです。そうすれば、頼朝も護衛《ごえい》も、たちまち老人《ろうじん》になり、刀も持てなくなります。あいてが何百いようが、あなたはきっと、頼朝を討《う》つことができるでしょう。」

それを聞いて、浦島太郎《うらしまたろう》はたいそうよろこび、それなら玉手箱《たまてばこ》を持ってすぐに帰りたいというので、わしが浜辺《はまべ》に送りとどけることになった。

浦島太郎の招待《しょうたい》は竜宮《りゅうぐう》の公式行事だったから、くるときも帰るときも、門は右門を使った。

陛下《へいか》は浦島太郎を右門で海に送ると、そのときの右大将《うだいしょう》に、

「そちの刀を！」

と命じ、右大将がそれを陛下にさしだすと、陛下は浦島太郎にこうおおせになった。

「この刀は、ここにいるわたしの右大将の刀なので、あなたにさしあげるわけにまいりません。ですから、ご用がおすみしだい、海に投げすててください。いつ、どのあたりで投げすてても、その刀はかならずここにもどってまいりますから、ご安心を。

その刀は宝刀《ほうとう》で、けっして刃《は》こぼれしません。何百人の首をはねても、刃がかけるようなことはありません。」

浦島太郎《うらしまたろう》は陛下《へいか》から刀をおしいただき、

「それでは拝借《はいしゃく》いたします。どうもありがとうございました。」

といって、わしのせなかに乗った。

浜辺《はまべ》近くにいくまで、浦島太郎はずっとだまっていた。

鎌倉《かまくら》の浜《はま》が見えたときになって、浦島太郎はひとりごとのようにつぶやいた。

「考えてみれば、敵《てき》を老人《ろうじん》にして討《う》つのは卑怯《ひきょう》であり、武士《ぶし》たる者のするべきことだろうか。それに、今さら頼朝《よりとも》やその家臣《かしん》の首をはねても、敦盛様《あつもりさま》が生き返るわけでもない。だからといって、頼朝の首もとれずに、長く生きながらえるのは本意《ほんい》ではない。それなら、一刻《いっこく》も早く、敦盛様のおられるあの世に旅立ち、敦盛様のおそば近くにはべり、お世話もうしあげるのが臣《しん》たる者のつとめではないだろうか……。」

敦盛というのは浦島太郎の亡《な》くなった主人の名だろう。

海の深さが人の腰《こし》までほどになったとき、浦島太郎《うらしまたろう》は、

「このあたりでよいでしょう。」

といい、海におりた。

「竜宮《りゅうぐう》の宝刀《ほうとう》を人の血でけがすわけにはいきません。刀はこのままお持ち帰りください。玉手箱《たまてばこ》はいただいてまいります。」

浦島太郎はそういうと、玉手箱がぬれないように、両手にかかげ、浜《はま》にあがっていくと、近くにあった岩に腰をおろした。そして、あぐらをかいてすわり、玉手箱のふたを開けた。

白煙《はくえん》が立ちのぼり、一瞬《いっしゅん》にして浦島太郎は老人《ろうじん》になった。

浦島太郎は煙《けむり》の中で立ちあがったようだったが、すぐに姿《すがた》が見えなくなった。

煙が消えたとき、浦島太郎は岩の上にはいなかった。

海に落ちたにちがいない。

波が立ち、海が荒《あ》れはじめた。

わしは岩のまわりの海をさがした。

浜《はま》からだいぶはなれた海の波間《なみま》で、わしが浦島太郎《うらしまたろう》を見つけたときには、浦島太郎はすでにこときれていた。

不思議《ふしぎ》なことに、そのときの浦島太郎の遺骸《いがい》は老人《ろうじん》ではなく、玉手箱《たまてばこ》を開けるまえの若者《わかもの》の姿《すがた》をしていた。

わしは右大将《うだいしょう》の刀と浦島太郎の遺骸を竜宮《りゅうぐう》に運んだ。竜宮へは右門から入った。

陛下《へいか》は浦島太郎をおあわれみになり、竜宮に墓《はか》を建《た》てられた。もちろん、その墓は今でもある。

そうそう、最後《さいご》にひとつつけくわえよう。

竜宮の数日は人間の世界の何年、何十年、何百年になるというのはうそだ。

竜宮の一日は人間の世界でも一日だ。

一日は一日だが、竜宮の者たちは人間より、はるかに寿命《じゅみょう》が長いということなのだ。

# 二

# 桃《もも》太《た》郎《ろう》

語り手■イヌの源三郎《げんざぶろう》

桃太郎《ももたろう》といっしょに鬼ヶ島《おにがしま》にいったイヌはわたしです。これから、そのときの話をいたしましょう。

桃太郎がほんとうに桃《もも》から生まれたのかどうか、わたしは知りません。おばあさんが川に洗濯《せんたく》にいったとき、川上《かわかみ》から大きな桃が流れてきたということになっていますが、そのころは、わたしはまだ生まれていなかったのです。わたしは桃太郎より十歳《さい》年下です。

桃から人間が生まれるかどうか、わたしにはわかりません。しかし、世の中では、いろいろ不思議《ふしぎ》なことが起こりますから、桃から人間が生まれることだって、あるかもしれないと思います。桃太郎と鬼ヶ島にいったあと、わたし自身にも不思議なことが起こりましたし……。

ともあれ、桃太郎がほんとうに桃から生まれたのかどうかということは、わたしにとってはどうでもいいことです。というか、じつをいうと、桃太郎がどのように生まれたかということもふくめて、桃太郎自身のことについては、わたしにとってはどうでもいいことなのです。

桃太郎《ももたろう》が鬼ヶ島《おにがしま》に出発したあと、たまたまわたしと道で出会ったということになっているようですが、それはちがいます。わたしはあそこで桃太郎を待っていたのです。


はじめから話すと、こういうことです。

わたしが五歳《さい》のときです。五歳というのはイヌにとっては、おとなの年齢《ねんれい》です。人間もそうでしょうが、イヌもまた、生まれたときのことをおぼえている者はおりません。

わたしは流れ者のイヌです。生まれてから最初《さいしょ》の記憶《きおく》は、ひとりで道を歩いていることとです。たいてい、のらイヌというのは、そんなに広い範囲《はんい》を移動《いどう》しません。ひとつの村にいるか、食べ物をもとめて、せいぜいとなりの村までいくらいなのです。

もし、わたしがかわり者のイヌだとすれば、生まれながらの流れ者ということでしょうか。

五歳のとき、わたしはおじいさん、つまり、桃太郎の育ての親が住む村の裏山《うらやま》でけがをしました。春さきのことでした。そのあたりをなわばりにしていたタヌキとけんかをしたのです。あいてがキツネならこちらも用心するのですが、見くびっていたのが敗因《はいいん》です。わたしは、タヌキにかまれ、うしろ足に深い傷《きず》を負《お》いました。

その山はおじいさんがふだん、しばかりをする山でした。半分意識《いしき》を失《うしな》ってたおれているわたしをおじいさんが見つけ、いったんうちに帰ると、薬だの、傷にまく布《ぬの》だのを持ってきて、傷の手当てをしてくれたのです。

そのとき、おじいさんはすまなそうにこういいました。

「ほんとうなら、うちにつれていってやりたいんじゃが、ばあさんがイヌがきらいでなあ。じゃが、この坂をのぼったところに、お地蔵様《じぞうさま》のほこらがある。おまえをそこにつれていってやるから、傷がなおるまで、そこにいればいい。食い物は、毎日、わしが持ってきてやるからな。」

傷がすっかりなおるまで、半月ほどかかったでしょうか。

ある日、ほこらにやってきたおじいさんは、わたしのうしろ足にまいた布をはずすと、

「もうだいじょうぶじゃ。すっかりよくなっておる。」

といい、食べ物をおいて、うちにもどっていきました。

その後、わたしはなんとなく、その裏山《うらやま》にとどまっていました。

いいえ、なんとなくではありません。いつか、おじいさんにこまったことが起こったら、おじいさんの手伝《てつだ》いをし、それからその村をはなれようと思っていたのです。

さきほど、桃太郎《ももたろう》自身のことについては、わたしにとってはどうでもいいことだといいましたが、わたしにとって、だいじなことは、わたしとおじいさん、つまり、桃太郎の育ての親とわたしの関係《かんけい》でした。

わたしは三月《みつき》ほど、その裏山で暮《く》らしました。ねぐらはずっとお地蔵様《じぞうさま》のほこらでした。

山ではよく、おじいさんに会いました。

わたしを見つけると、おじいさんは、

「ややっ！　源三郎《げんざぶろう》じゃないか。こっちにおいで。にぎりめしをわけてやる。」

などといってわたしを呼《よ》び、弁当《べんとう》をわけてくれたりしました。

源三郎《げんざぶろう》というのは、おじいさんがかってにつけた名まえですが、次に会うと、おじいさんは、自分がつけた名まえを忘《わす》れてしまい、

「おっ！　金四郎《きんしろう》じゃないか。こっちにおいで……。」

というふうに、ちがう名まえでわたしを呼《よ》びました。

源三郎、金四郎、勘三郎《かんざぶろう》、正太郎《しょうたろう》、助次郎《すけじろう》……。今すぐ思い出せる名まえだけでも、それだけあります。もちろん、おじいさんと会ったのは五回だけではありませんから、名まえはもっとありました。おもしろいことに、というか、不思議《ふしぎ》なことに、ひとつの名まえを別《べつ》にすれば、同じ名まえを二度使うことはありませんでした。それから、おじいさんがわたしにつける名まえには、かならず〈郎《ろう》〉がつきました。桃太郎《ももたろう》に〈郎〉がついているのも、おじいさんが〈郎〉というのが好《す》きだったからかもしれません。

ついでにいっておくと、わたしはおじいさんの名まえは知りません。おじいさんは一度もわたしに名を名乗りませんでしたし、だれかがおじいさんを名まえで呼んでい

るところにいあわせたこともありません。

それはともかく、ひょっとしておじいさんは、まえにつけた名まえを忘《わす》れてしまうのではなく、わざと毎回、ちがう名まえでわたしを呼《よ》んだのではないかと、今になると、そんな気がします。

そんなある日、それは夏の暑い日のことでしたが、山の斜面《しゃめん》の上から下を見ていると、おじいさんが小道をあがってきました。そして、わたしと目が合うと、聞こえるか聞こえないかくらいの声で、

「ああ……。幸四郎《こうしろう》か……。」

といったのです。

わたしはすぐに、これは変《へん》だと思いました。

いつも、おじいさんはわたしの名を呼ぶとき、

「ややっ！」

とか、

「おっ！」

とか、

「こりゃまた、どうして！」

とか、つまり、わざとらしいおどろきの声をあげるのです。ところが、そのときは、

「ああ……。」

だったのです。

わたしは急な斜面《しゃめん》をかけくだり、おじいさんのそばにいきました。すると、おじいさんは近くの切《き》り株《かぶ》に腰《こし》をおろし、弁当《べんとう》のつつみを開くと、それをそっくりわたしのまえにおいたのです。

いつもなら、ふたりでわけるのに、どうしたことだろうと思って、おじいさんの顔を見ると、おじいさんは、

「源三郎《げんざぶろう》。こまったことになってなあ……。」

とつぶやいたのです。

おじいさんが源三郎《げんざぶろう》という名でわたしを呼《よ》んだのはこれが二度目です。

このときわたしは、内心、とうとうきたか！　これで借《か》りが返せる！　とよろこんだかというと、そういうことはありません。

けががなおってすぐなら、そう思ってしまったかもしれませんが、そのときは、いったい、こまったこととはなんだろうと、自分にできることがあれば、してやりたいと、単純《たんじゅん》にそう思いました。

つまり、おじいさんとわたしの関係《かんけい》は、借りがあるとか、貸《か》しがあるとか、そういうことをこえて、なんというか、友だちのような気持ちになっていたのです。

わたしが首をかしげておじいさんを見ていると、おじいさんは、

「桃太郎《ももたろう》がな。鬼ケ島《おにがしま》にいって、ひとりで鬼《おに》を退治《たいじ》してくると、そういうんじゃよ……。」

といって、ためいきをつきました。

おじいさんの村から十里《り》ほど南にくだった海岸近くに、さほど大きくはない島があ

り、そこに鬼《おに》たちが住んでいることは、わたしも知っていました。知っているというよりは、その島が見える海岸をとおったことがあったのです。そのとき、海岸にいた鬼も遠くから見ました。

赤鬼《あかおに》や青鬼《あおおに》、それから緑の鬼や、黒い鬼や白い鬼もいました。みな、虎《とら》の毛皮の腰《こし》巻《まき》をまいており、中には、よろいを着ている者もおりました。みなで、小舟《こぶね》に米俵《こめだわら》をつみこんでいるところでした。おそらく、人間の村をおそい、ぶんどってきたのでしょう。そのときわたしは、ああ、鬼も米を食べるのかと思いました。

ところで、桃太郎《ももたろう》ですが、それまでにわたしが桃太郎を見たことは二度しかありませんでした。

一度は山で、そのときはおじいさんといっしょでした。もう一度は、村はずれの神社でした。桃太郎は、

「えいやっ！　そうりゃっ！」

と声をかけ、木刀《ぼくとう》のすぶりをしていました。

それまでにわたしは、旅のとちゅうで、人間が木刀《ぼくとう》のすぶりをしているのを何度も見たことがありました。たいていは武家屋敷《ぶけやしき》の庭です。木刀のすぶりをする人間は、もともと、そういうことをするのが得意《とくい》というか、好《す》きというか、そういう人間なのでしょうが、そういう人間たちとくらべても、桃太郎《ももたろう》のすぶりはとても速いのです。ふつうの人間が五度すぶりをするあいだに、十度はできたでしょう。速さだけではありません。ふつうの人間は頭の上から木刀をふりおろすだけですが、桃太郎は上から下、下から上、上から右、右から左、左から下、下から右というふうに、縦横無尽《じゅうおうむじん》に木刀をものすごいいきおいで、ふりまわすのです。

よほどの達人《たつじん》でなければ、すぶりをしても、風を切る音はしませんが、桃太郎がすると、ヒュッ、ヒュッと、音が鳴りました。

こいつ、強いだろうなあ……、と、そのときわたしは思いました。

しかし、どんなに強くても、たったひとりで鬼ケ島《おにがしま》にいき、鬼《おに》を退治《たいじ》しようとするなど無謀《むぼう》です。

そのときはまだ、わたしは人間の言葉を話せませんでした。人間が何をいっているのかはわかりましたが、話せはしませんでした。ですから、おじいさんのこまったようすを見ても、

「そういうことなら、おじいさん。わたしがいっしょにまいりましょう。」

といえませんでした。ですから、おじいさんが、

「桃太郎《ももたろう》がな。鬼ケ島《おにがしま》にいって、ひとりで鬼《おに》を退治《たいじ》してくると、そういうんじゃよ……。」

といったとき、

〈そういうことなら、おじいさん。わたしがいっしょにまいりましょう。〉

という気持ちをこめて、何度か大きくうなずいたのです。

わたしの気持ちがおじいさんに通じたのかどうか、それはわかりません。しかし、そのとき、おじいさんはひざまずき、わたしを両手でかかえ、おいおいと声をあげて泣《な》きだしました。

その村から海岸にむかう道は一本道です。それから何日ものあいだ、わたしはその道で桃太郎《ももたろう》を待ちました。すると、十日目《とおかめ》だったと思います。桃太郎がひとりで、村からやってきたのです。かぶとこそかぶっていませんでしたが、戦装束《いくさしょうぞく》で錦糸《きんし》を織《お》りこんだ陣羽織《じんばおり》の下に、よろいをつけていました。腰《こし》には、はでな細工《さいく》の刀をさし、頭のはちまきには、桃《もも》の絵が描《えが》かれていました。そのうえ、〈日本一〉と書かれた旗《はた》指物《さしもの》を持っているではありませんか。

おじいさんは貧乏《びんぼう》ではありませんでしたが、とりたてて金持ちというふうでもありませんでした。桃太郎のきらびやかな戦《いくさ》じたくをするために、かなりの無理《むり》をしたのだと思われました。

わたしが道ばたにすわって待っていると、桃太郎はわたしのすぐそばで立ちどまり、

「おい、イヌ。」

と声をかけてきました。

わたしは尾《お》を軽く二、三度ふりました。すると、桃太郎はこういいました。

「おれは桃太郎《ももたろう》だ。きびだんごを持っている。それをひとつおまえにやるから、おれについてこい。おれはこれから、鬼ヶ島《おにがしま》にいって、鬼退治《おにたいじ》をするのだ。」

わたしは思わず、ためいきをつきました。

イヌのためいきというのは、人間にはわかりにくいかもしれません。ですが、イヌもあきれたときは、ためいきをつくのです。

じつをいうと、この言葉ひとつで、わたしは桃太郎がきらいになりました。非常《ひじょう》におろかか、このうえなく傲慢《ごうまん》か、あるいはそのうちのふたつともかねそなえているかのどれかです。

鬼ヶ島がどういうところか、それこそイヌですら知っているのです。人間ひとりで攻《せ》めて、勝てる見こみがあるとは思えません。それなのに出かけていこうとするのですから、それだけで、おろかといわれてもしかたがありません。そのうえ、イヌであろうが人間であろうが、きびだんごひとつで、そういう戦《たたか》いに参加《さんか》すると思うなど、よほどおろかな人間でなければ、考えるところではないでしょう。

しかし、桃太郎《ももたろう》にそれなりに勝算があったとしましょう。もしそうだとすると、桃太郎は傲慢《ごうまん》きわまります。どんな戦《たたか》いであるにせよ、帰ってくるまでには何日もかかります。海までは十里《り》あるのです。いくだけでも、まる一日かかります。いくのに一日、戦いに一日、帰りに一日、どんなにうまくいっても、三日《みっか》はかかるのです。きびだんごひとつで、イヌが三日もついてくると思うのは傲慢のきわみです。

ですが、わたしは桃太郎のために、桃太郎についていくのではありません。おじいさんのために、桃太郎についていくのです。

鬼ケ島《おにがしま》に攻《せ》めいるのですから、わたし自身、生きて帰れるとは思っていませんでした。桃太郎だって同じです。生きて帰れるはずはないのです。わたしがなすべきことは、できるだけ桃太郎を守り、桃太郎よりさきに死ぬことです。わたしの目が黒いうちは、桃太郎を死なせるわけにはいかないのです。

タヌキとのけんかで負《お》ったけがで、もし、おじいさんが手当てをしてくれていなければ、そして、毎日食べ物を持ってきてくれていなければ、わたしはとっくに死んでいました。わたしはおじいさんのことが好《す》きで、おじいさんのためになることをしたかっただけではなく、おじいさんには命の借《か》りがあったのです。わたしは、桃《もも》太《た》郎《ろう》の申し出をうけいれることをあらわすために、

「ワン。」

とひと声吠《ほ》えました。すると、桃太郎は腰《こし》にさげた袋《ふくろ》の中から、きびだんごをひとつ出し、それをわたしにさしだしました。

こういってはなんですが、きびだんごなど、イヌが食べておいしいというものではないのです。ですが、わたしはそれをひと口で飲みこみました。すると、桃太郎は、

「よしっ！」

といって、歩きだしました。

そこから四《し》半《はん》時《とき》ほど歩いたときでした。四半時というのは、今の時間で三十分ほどですが、それくらい歩いたとき、わたしはだれかにあとをつけられていることに気づきました。

ひょっとして、おじいさんがついてきたのではないだろうか。もしそうなら、何がなんでも帰ってもらわなければなりません。

わたしは立ちどまり、道ばたのしげみにかくれました。すると、しばらくして、だれかが道をとおりすぎる気配がしました。

わたしは道におどりでました。

すると、そこにいたのはおじいさんではなく、一匹《ぴき》のサルでした。

わたしと目が合うと、サルは、

「おまえといっしょにいたやつだが、あいつ、鬼ケ島《おにがしま》にいくんじゃないか。」

といいました。

「そうだが、それがどうした。」

わたしがそういうと、サルは答えました。

「それなら、おれもいっしょについていこうと思うのだ。」

このサルもおじいさんに恩《おん》があるのかと思い、わたしはたずねました。

「なぜだ。」

「おまえ、烏帽子《えぼし》を知ってるか。」

といってから、サルは言葉をつづけました。

「鬼ケ島《おにがしま》には、都の公家《くげ》、梅小路《うめがこうじ》家の烏帽子があるのだ。鬼《おに》が梅小路家に押《お》しいって、うばったものらしい。おれは、その烏帽子がほしいのだ。」

烏帽子というのは、公家や武士《ぶし》がかぶる小さなぼうしのようなものです。

わたしはいいました。

「烏帽子をほしがるのはおまえのかってだが、いけば命を落とすぞ。」

ところがそれを聞いて、サルは笑《わら》っていいました。

「そんなことはないさ。おまえのことは知っている。桃太郎《ももたろう》のじいさんと仲《なか》がいいんだろ。ときどき弁当《べんとう》をわけてもらっているのを木の上から見ていたからな。おおかたおまえは、あのじいさんへの義理立《ぎりだ》てで、鬼ケ島にいくんだろ。おれは、桃太郎が鬼ケ島に鬼退治《おにたいじ》にいこうとしていることをずいぶんまえから知っていた。よく木刀《ぼくとう》のすぶりをしている神社で、あいつは戦勝祈願《せんしょうきがん》をしていた。あいつは、祈願を心の中だけでなく、口に出していうからな。おれは、社《やしろ》の屋根でそれを聞いていたのさ。それで、いつかはあいつが鬼ヶ島《おにがしま》にいくだろうと、もうずいぶんまえから待っていたというわけだ。もし桃太郎《ももたろう》とおまえが死んでも、おれは死なない。桃太郎が鬼ヶ島に攻《せ》めこんだら、どさくさまぎれに、烏帽子《えぼし》をかっぱらって逃《に》げてくるんだ。」

「だが、その烏帽子が鬼ヶ島のどこにあるか、知ってるのか。」

わたしがそういうと、サルはうなずきました。

「知ってるとも。こう見えても、おれは何度も鬼ヶ島にしのびこんだことがあるのだ。梅小路《うめがこうじ》家の烏帽子は、鬼《おに》の宝物庫《ほうもつこ》にしまってある。おれはこの目でちゃんと見た。宝物庫には見張《みは》りはいても、鍵《かぎ》はかかっていない。」

サルはそういうと、走って桃太郎を追いました。もちろん、わたしも走りました。

追いかけてきたサルを見て、桃太郎は、

「おお、サルか。おれは桃太郎だ。きびだんごを持っている。それをひとつおまえにやるから、おれについてこい。おれはこれから、鬼ヶ島《おにがしま》にいって、鬼退治《おにたいじ》をするのだ。」

といい、サルはきびだんごをもらい、それを食べて、いっしょにいくことになったのです。

それからまた四半時《しはんとき》ほどすすむと、わたしたちのまえに一羽のキジがまいおりました。それを見て、桃太郎《ももたろう》は声をかけました。

「おお、キジか。おれはきびだんごを持っている。それをひとつおまえにやるから、おれについてこい。おれはこれから、鬼ヶ島にいって、鬼退治をするのだ。」

わたしとサルは顔を見合わせました。

いったいキジはどう答えるのだろうかと思っていると、桃太郎はキジの返事を待たずに、腰《こし》の袋《ふくろ》からきびだんごを出して、それを地面におきました。すると、キジはそれを何度もつついて、食べてしまいました。

「よし！」

とうなずき、桃太郎《ももたろう》は歩きだしました。

立ちどまっているキジのまえをとおったとき、サルがキジにたずねました。

「おまえ、あいつが鬼ヶ島《おにがしま》にいくことをいつ知ったのだ。」

「いつって、今だ。あいつがそういったから、それでわかった。」

「おまえ、きびだんごを食ってしまったっていうことは、いっしょについていくということだぞ。」

「わかってる。ついていく。あいつは、ついてこないかとさそっただけだ。いっしょに戦《たたか》ってくれとはいってない。ついていって、鬼ヶ島の上をくるくる飛《と》んでいればいいだけだ。あいつ、なかなか強そうだし、文字どおり、おれは高みの見物さ。しかし、鬼《おに》は数が多いから、万にひとつも、あいつに勝ち目はないだろうなあ。」

「そうかもな。おれは、鬼ヶ島の宝物庫《ほうもつこ》にある烏帽子《えぼし》をかっぱらうのが目的《もくてき》だから、勝ち負けはどうでもいい。」

「烏帽子？　そんなもの、かっぱらって、どうする気だ？　かぶるのか？」

「まあな。」

サルとキジが話しているのを、わたしがだまって聞いていると、サルはわたしのほうをちらりと見てから、キジにいいました。

「それから、いっしょにいるイヌは、あいつの育ての親に、ちょっとした義理《ぎり》があってな。それで、ついてきている。死ぬ気できているんだから、酔狂《すいきょう》なやつだ。」

「へえ……。」

といって、キジはめずらしいものでも見るような目でわたしを見ました。

そうそう、いい忘《わす》れていたことがありました。

動物たちはそれぞれ声はちがいますが、おたがいに何をいっているのかはわかるのです。ですから、たがいに吠《ほ》えたり、うなったり、鳴いたりしていても、意味は通じています。

こうして、わたしとサルは桃太郎《ももたろう》のあとについて、鬼ケ島《おにがしま》に出かけました。

キジは、

「じゃあ、おれ、さきにいくからな。浜辺《はまべ》の木にとまって、待ってるぞ。」

といって、南の空に飛《と》んでいきました。

なにしろ十里《り》の道のりです。海岸についたときには、日が暮《く》れていました。

桃太郎《ももたろう》は弁当《べんとう》を持っていて、ときどきそれを食べていましたが、わたしとサルにわけることはしませんでした。

道すがら、サルはときどきいなくなりましたが、食べ物を持って、すぐに追いついてきました。にぎりめしや、干《ほ》し魚《ざかな》や、いもなどでした。おそらく人間の家から盗《ぬす》んできたものでしょう。

サルはそれを桃太郎にはわたさず、わたしにくれました。

最初《さいしょ》にサルに食べ物をもらったとき、わたしが、

「おまえのは？」

ときくと、サルは、

「自分のは、もう食べた。おれの手は熊手《くまで》みたいに大きくはない。ひとり分しか持っ

てこられないだろ。」

といっていました。

それから、サルはそのとき、こうもいいました。

「そんな食い物くらいで、おれに義理《ぎり》を感じることはない。どうしても義理立てしたいっていうなら、なるべくはでに鬼《おに》たちと戦《たたか》ってくれ。そうすれば、鬼たちの気がそっちにむいて、おれが烏帽子《えぼし》をかっぱらいやすくなるからな。」

「わかった。」

とわたしは答えましたが、サルにそういわれなくても、最初《さいしょ》からそうするつもりでした。鬼たちの気をわたしにむけているうちに、桃太郎《ももたろう》がこわくなって逃《に》げてくれれば、いちばんいいのです。

キジは浜辺《はまべ》の松《まつ》の木の枝《えだ》にとまって、待っていました。

鬼ケ島《おにがしま》への上陸《じょうりく》は翌朝《よくあさ》、まだ日がのぼらないうちでした。

桃太郎は浜辺に引きあげてあった漁師《りょうし》の小舟《こぶね》を海に出し、わたしとサルはそれに跳《と》びのりました。

鬼《おに》ケ島《がしま》には船着き場がありました。帆《ほ》をおろした帆かけ船が三艘《そう》、つながれていました。

見張《みは》りは青鬼《あおおに》ひとりでした。頭には角《つの》が一本ありました。それを見て、わたしは、話には聞いていたが、ほんとうに鬼には角があるんだなあと思っただけで、とくにこわいとは思いませんでした。

小舟《こぶね》が船着き場につくと、見張りの青鬼がきて、小舟をのぞきこみ、

「なんだ、おまえら……。」

といいました。でも、次の瞬間《しゅんかん》には、ドボンと音をたてて、船着き場から海に転落していました。

桃太郎《ももたろう》がふりあげた小舟の櫂《かい》を脳天《のうてん》にくらったのです。

見張りの青鬼をやっつけると、桃太郎は桟橋《さんばし》にあがり、まず、小舟を船着き場につなぎました。そして、島の岩陰《いわかげ》に身をひそめました。そのときになって、桃太郎はは

じめて、作戦《さくせん》をわたしたちにいったのです。

「神社の神主《かんぬし》から聞いたのだが、鬼《おに》の頭領《とうりょう》は鬼ケ島《おにがしま》のてっぺんにある館に住んでいるそうだ。」

それを聞いて、サルはうなずきました。

それから、桃太郎《ももたろう》は、

「おれは鬼の頭領と一騎打《いっきう》ちをする。頭領さえやっつければ、鬼たちは降参《こうさん》するだろう。そうしたら、宝物《たからもの》をぶんどって、持って帰るのだ。」

といって、岩だらけの坂をあがっていきました。

暗い空を、キジが飛《と》びながら、わざとらしく翼《つばさ》をふっていました。

サルが小声でわたしにいいました。

「鬼の頭領っていうのは、二本角《にほんづの》の赤鬼《あかおに》だ。さっきの青鬼《あおおに》と同じと思ったら大まちがいだ。しかも、さっきのやつは油断《ゆだん》していたからな。本気でやったら、いくら桃太郎でもかないやしない。だが、いちばん気がかりだったのは、あいつが、鬼の頭領の首をとり、鬼《おに》たちを降参《こうさん》させただけで帰るなんていう気だったら、どうしようかということだった。それだけが心配だった。あいつが宝物《たからもの》をぶんどる気でいるなら、細工《さいく》は上々だ。一騎打《いっきう》ちが終わるまえに、おれが勝負をつけてやるさ。小舟《こぶね》に乗っているとき、名案《めいあん》が浮《う》かんだんだ。」

まだ夜があけていなかったので、鬼たちはみな、眠《ねむ》っていたのでしょう。

とちゅう、鬼の村らしいところを一度とおりましたが、わたしたちに気づく者はいませんでした。

わたしたちはなんなく、鬼ケ島《おにがしま》のてっぺんにある鬼の頭領《とうりょう》の館の庭に入りこむことができました。

庭に立った桃太郎《ももたろう》は刀をぬきました。

そのとき、サルがわたしに小声でいいました。

「もし、おまえがあいつを生きて村に帰したければ、あいつのそばにいないで、おれについてこい。そして、おれがあいずをしたら、思いっきり吠《ほ》えてくれ。それが、あいつが生きて帰れるたったひとつの方法《ほうほう》だ。」

サルがそういいおわると同時に、桃太郎《ももたろう》が大声をあげました。

「やー、やー、われこそは桃太郎なり！　鬼《おに》の頭領《とうりょう》、出てまいれ。退治《たいじ》してつかわす。出てまいれ！」

桃太郎が三度《みたび》そう呼《よ》ばわったとき、屋敷《やしき》の雨戸《あまど》が内側《うちがわ》から蹴《け》やぶられ、さっきの青《あお》鬼《おに》の倍とはいかなくても、五割《わり》は大きい赤鬼《あかおに》が金棒《かなぼう》をふりまわして、跳《と》び出《で》てきました。

桃太郎は赤鬼にむかって、斬《き》りかかりました。ですが、桃太郎の刀に赤鬼が金棒をガツンとぶつけると、桃太郎は刀もろともはねとばされました。そして、あおむけにのけぞり、うしろにたおれかかった桃太郎の胸《むね》を赤鬼はどんと蹴りあげたのです。

あおむけになったまま、桃太郎のからだはふっとびました。

それでも、さすがに桃太郎だけあって、そのまま気を失《うしな》ったりはしませんでした。

よろよろしながら、立ちあがろうとしました。

そのとき、サルはわたしにいいました。

「いくぞ。ついてこい。」

サルはかけだし、鬼《おに》がぶちやぶったところから、館の中に入りました。

サルが何度か鬼ケ島《おにがしま》にきたというのは、ほんとうだったのでしょう。サルはわき目もふらず、階段《かいだん》をかけあがりました。そして、そのままつっぱしり、いちばん奥《おく》の部屋の障子《しょうじ》を開けると、中に跳《と》びこみました。

部屋にはあかりがともっていました。

ふとんがしいてありました。掛《か》け布《ぬの》がまくられ、今の今までだれかが寝《ね》ていたようでした。枕《まくら》のむこうは床《とこ》の間《ま》でした。その床の間に、漆塗《うるしぬ》りの小箱がありました。

サルがその小箱に跳びつき、ふたを開け、

「これだ！」

といって、巻物《まきもの》をひとつとりだしました。

サルがわたしにむかってさけびました。

「吠《ほ》えろ！　思いっきり吠えろ！」

わたしは吠《ほ》えました。力のかぎり、吠えました。なぜ、ここで吠えるのか、理由はわかりませんでしたが、とにかく吠えました。

わたしの吠え声で、異変《いへん》を知ったのでしょう。まもなく、鬼《おに》の頭領《とうりょう》が部屋におどりこんできました。そして、巻物《まきもの》を持って、床《とこ》の間《ま》でまえかがみに立っているサルを見つけると、

「きさま、それをどうする気だ！」

とどなりつけました。

サルが巻物のひもをほどきました。

巻物の軸《じく》がころころと床《ゆか》にころがりました。

巻物には、絵ではなく、文字が書かれていました。

サルは最初《さいしょ》の文字が書かれているあたりを両手で持ち、紙をやぶるかっこうをして見せました。

赤鬼《あかおに》がかすれた声で、

「や、やめろ……。」

といいました。

サルは手をとめ、赤鬼《あかおに》を見つめました。

赤鬼が少しでも動くと、サルは巻物《まきもの》をやぶるぞというふうに、手を動かしました。

サルと赤鬼のにらみあいがつづきました。

「あいつ、何やってんだ。まさか、気絶《きぜつ》してるんじゃないだろうな。おまえ、ちょっといって、見てこい。もし気絶していたら、どこでもいいからかみついて、起こしてつれてこい。」

サルがわたしにそういったとき、ようやく桃太郎《ももたろう》がよろよろと部屋に入ってきました。

桃太郎は部屋の中のようすを見て、サルが持っているものが、赤鬼にとってとてもだいじなものらしいとわかったようでした。

「よくやった、サル！　あっぱれだ！」

といってから、サルがもくろんだとおりのことをいったのです。

「そのサルはおれの子分《こぶん》だ。おれが命じれば、サルが持っているものは、ずたずたにやぶかれる。それがいやなら、この島にある宝《たから》をぜんぶよこせ！」

赤鬼《あかおに》は力なく金棒《かなぼう》を床《ゆか》に捨《す》てました。

赤鬼の館に住んでいたのは、赤鬼の夫婦《ふうふ》と赤《あか》ん坊《ぼう》だけのようでした。ですが、わたしの大声で、何かあったことはほかの鬼《おに》たちにもわかったのでしょう。庭のほうから、鬼たちの声が聞こえ、やがて、階段《かいだん》をどやどやあがってくる音がしました。

赤鬼が桃太郎《ももたろう》にいいました。

「館のとなりに宝物庫《ほうもつこ》がある。この島の宝はぜんぶそこにある。」

ようやくそのときになって、

「頭領《とうりょう》、何かあったんで……。」

と声がし、緑色の鬼が部屋に入ってきました。

赤鬼はその鬼にいいました。

「何があったか、見ればわかるだろうが！　宝物庫を開けて、宝をぜんぶ、庭に出せ！」

桃太郎《ももたろう》は赤鬼《あかおに》にいいました。

「この島の船着き場に小舟《こぶね》が一艘《そう》とめてある。おまえの子分《こぶん》に命じて、その小舟に、宝《たから》をつめるだけつむんだ。」

サルが巻物《まきもの》をもとどおりにまきながら、わたしにいいました。

「あんなことといったって、鬼の宝物《たからもの》はそんなにはありはしない。小判《こばん》が入った千両《せんりょう》箱《ばこ》が三つほどと、それから、価値《かち》があるものといったら、梅小路家《うめがこうじけ》の烏帽子《えぼし》くらいだな。よろいやかぶともいくつかあるが、二束三文《にそくさんもん》の安物だ。聖徳太子《しょうとくたいし》が書いた掛け軸《かじく》というのがあるが、もちろんにせものだ。唐《とう》の時代のものってことになっているきたならしいつぼも、これまたにせものさ。」

サルは巻物のひもをむすぶと、それを持って、桃太郎の肩《かた》に跳《と》びのりました。

桃太郎はサルを肩に乗せたまま外に出て、宝物庫《ほうもつこ》をのぞいたあと、船着き場にむかいました。そして、鬼たちが宝物庫から出した荷物を小舟に運んでしまうまで、船着き場で勝ちほこったように腕《うで》をくんでいました。

一度だけ、桃太郎《ももたろう》はサルの手から巻物《まきもの》をとろうとしましたが、サルは巻物を持っている手をふりまわしたり、持つ手をかえたりして、わたそうとしませんでした。

鬼《おに》たちがすっかり宝物《たからもの》を小舟《こぶね》につみおえると、赤鬼《あかおに》は桃太郎にいいました。

「ぜんぶ、運んだ。さあ、サルが持っているものを返してもらおうか。」

「返してやる。だが、そのまえに、おまえたちの船に火をはなて。そうしたら、おれは小舟をこぎだす。おまえは海の中を歩いてついてこい。おかしなまねをすれば、おまえのだいじなものは海に捨てるぞ。」

そういって桃太郎は小舟に乗りこみました。

サルは巻物を持ったまま、桃太郎の肩《かた》から跳《と》びおり、つみこまれた千両箱《せんりょうばこ》の上にすわりました。

東の空に太陽が顔を出したのは、そのときでした。

赤鬼の命令《めいれい》で、子分《こぶん》たちが三艘《そう》の帆《ほ》かけ船《ぶね》に火をはなちました。

火が船中にまわり、三艘《そう》ともかたむいたとき、桃太郎《ももたろう》は小舟《こぶね》をゆっくりこぎだしました。

赤鬼《あかおに》が海の中を歩いてついてきました。

小舟が島からはなれ、海が深くなるにつれ、赤鬼の海から出ているところが、腰《こし》から胸《むね》、胸から肩《かた》へとあがっていきました。そして、赤鬼のあごに水がかかったとき、桃太郎はサルに命じました。

「返してやれ!」

サルが巻物《まきもの》を赤鬼のほうに投げました。赤鬼は両手でそれをうけとると、ぎらぎらする目で桃太郎をにらみつけましたが、どうすることもできません。だいじな巻物をぬらさずに、首まで海につかったままで桃太郎と戦《たたか》うことはできなかったでしょう。

赤鬼は鬼ケ島《おにがしま》にむかって、帰っていきました。

鳥がはばたく音が聞こえ、キジが空からまいおりてきて、小舟のへさきにとまりました。

「夜があけないうちに、ことがすんじまっちゃあ、ろくろく見物もできなかったぜ。鳥は暗いのはにがてだからな。じゃあな。縁《えん》があったら、また会おう。」

キジはわたしとサルにそういうと、桃太郎《ももたろう》にはあいさつもせずに、空にもどっていきました。

いつのまにか、サルは烏帽子《えぼし》をかぶっていました。

岸にもどると、桃太郎はどこかから、荷車を一台、買ってきました。鬼《おに》からうばった小判《こばん》がありましたから、荷車一台買うくらい、なんでもなかったでしょう。

桃太郎は荷車をひとりで引いて、村への道を北にすすみました。

最初《さいしょ》にサルに会ったあたりで、サルはわたしに、

「じゃあな。おれはここで失礼《しつれい》するよ。」

といったので、わたしは気になっていたことをきいてみました。

「あの巻物《まきもの》はなんだったのだ。」

サルは笑《わら》って答えました。

「あれか。あれは、鬼《おに》の頭領《とうりょう》の赤鬼《あかおに》の系図《けいず》さ。先祖代々《せんぞだいだい》の名が書かれているのだ。鬼の中でも、あいつは名門の鬼ってことだ。ただ強いだけじゃ、子分《こぶん》はついてこない。りっぱな家柄《いえがら》の出《で》でないとな。それを証明《しょうめい》するのがあの巻物《まきもの》だ。おれは、あいつが系図を何よりもだいじにしていることを知っていた。巻物を宝物庫《ほうもつこ》にはおかずに、枕《まくら》もとの小箱に入れてあったのがその証拠《しょうこ》だ。宝物《たからもの》はまた集めることができるかもしれないが、系図はそうはいかないからな。」

「桃太郎《ももたろう》には、あれが鬼の系図だと、わかっていたのだろうか。」

わたしがそういうと、サルはかすかに首をふりました。

「わからなかっただろうな。おれは巻物をまいて、ひもをかけてしまったし、あいつが巻物をとろうとしても、わたさなかった。」

「桃太郎に、巻物の中を見せないようにしたのか。」

わたしがそういうと、サルはうなずきました。

「そうだ。」

「なぜだ。」

とわたしはたずねました。

サルがなぜ赤鬼《あかおに》の系図《けいず》を桃太郎《ももたろう》に見せないようにしたのか、わたしにはほんとうにわからなかったのです。

サルはじっとわたしの顔を見ました。

わたしはもう一度いいました。

「なぜだ。なぜ、おまえは桃太郎に見せないようにしたのだ。」

「おまえ、ほんとうにそれがわからないのか。」

そうきかれ、わたしがうなずくと、サルはいいました。

「おれは泳げるし、おまえも泳げるだろう。だから、あそこで赤鬼が小舟《こぶね》をひっくりかえしても、おれもおまえも命は助かる。しかし、船が転覆《てんぷく》すれば、せっかくとった梅小路家《うめがこうじけ》の烏帽子《えぼし》は塩水《しおみず》につかり、だいなしだ。そして、桃太郎は確実《かくじつ》に赤鬼に殺《ころ》される。」

「ということは、巻物《まきもの》が赤鬼《あかおに》の系図《けいず》だとわかれば、桃太郎《ももたろう》が巻物を赤鬼にわたさないということか。」

「たぶんな。」

「たぶんとは？」

「赤鬼の家系《かけい》など、自分にはなんの関係《かんけい》もないし、価値《かち》も意味もないと、あいつが思えば、赤鬼に返したかもしれない。」

「赤鬼の家系など、桃太郎にはかかわりがないだろう。」

「そうだ。おれにもかかわりがない。おまえはどうだ。」

「どうだ、だと？　赤鬼の家系がどうしておれにかかわりがあるのだ。おれにも、おまえにも、桃太郎にも、赤鬼の家系など、どうでもいいことだ。」

「かかわりがないからといって、価値もなければ意味もないとはかぎらない。」

「おまえ、何がいいたいのだ。はっきりいえ。」

「それなら、いってやる。あいつは桃《もも》から生まれたのだ。少なくとも、そういうことになっている。もしそれがほんとうだとしても、赤《あか》ん坊《ぼう》のあいつが桃《もも》から生まれたとき、手に系図《けいず》が書かれた巻物《まきもの》を持っていたと思うか？」

「まさか、そんなことはあるまい。」

「そうだろう。つまり、あいつには家系《かけい》がないのだ。あいつにないものを赤鬼《あかおに》は持っているのだ。あの巻物に赤鬼の家系が書かれていると知ったら、ひょっとして、あいつはあれをすなおに赤鬼に返さなかったかもしれない。返したとしても、一度海に落としてやれ、くらいのことは考えたかもしれない。そんなことをしたら、どうなると思う？　赤鬼は逆上《ぎゃくじょう》して、小舟《こぶね》をひっくりかえし、桃太郎《ももたろう》をしめころしていたろうよ。」

サルがそういったとき、桃太郎は荷車を引いて、だいぶさきのほうにいっていました。

サルはわたしに、もう一度、

「じゃあな。おれはここで失礼《しつれい》するよ。」

というと、桃太郎のほうを見もせず、烏帽子《えぼし》をかぶったまま、林に消えていきました。

わたしはおじいさんの家まで、桃太郎《ももたろう》についていきました。

桃太郎が帰ってきたことで、おじいさんはとてもよろこびました。

「おじいさん。宝物《たからもの》をいっぱい持ってきた。」

桃太郎はそういいましたが、おじいさんは荷車の中の荷を見ようとしませんでした。

それよりも、わたしがそこにいるのを見て、おじいさんはわたしをかかえあげ、

「源三郎《げんざぶろう》。ありがとう！　ありがとう、源三郎！」

と、くりかえしていいました。

おじいさんがわたしを源三郎と呼《よ》んだのは、これで三度目でした。

わたしはおじいさんにいいました。

「礼にはおよびません。この源三郎、たいしたことはしていないのです。」

すると、おじいさんはわたしを地面におろし、大きく見開いた目で、わたしを見ました。そして、こういいました。

「源三郎。おまえ、今、なんていった？」

「礼にはおよばないといったのです。じっさい、わたしは、たいしたことはしていないのです。ただ、ついていって、ついて帰ってきただけです。」

すると、おじいさんは、

「源三郎《げんざぶろう》がしゃべった……。」

とつぶやいたのです。

ついでにいっておくと、やはりおばあさんはイヌがきらいなようで、そのときも、いっさいわたしに近づきませんでした。

わたしは次の日、その村をはなれました。

そろそろ旅に出たくなっていたし、ほんのちょっとは恩返《おんがえ》しができたからです。いや、ほんとうはそうではありません。

わたしは、心底《しんそこ》、桃太郎《ももたろう》がきらいになっていたのです。おじいさんを好《す》きという気持ちより、桃太郎がきらいという気持ちがまさったのです。

あれほどやさしいおじいさんに育てられたのに、どうして、あんな卑怯《ひきょう》で、欲深《よくぶか》な男になったのか、ほんとうに不思議《ふしぎ》です。

不思議といえば、このお話の最初《さいしょ》で、わたしにも不思議なことが起こったといいました。それは、人間の言葉がしゃべれるようになったことです。鬼ケ島《おにがしま》から帰ってきて、人間の言葉がわかるだけではなく、どうしてしゃべれるようになったのかは、今でもわかりません。

人間に名をたずねられることはめったにありませんが、きかれれば、源三郎《げんざぶろう》と答えています。わたしは、この名まえが気にいっているのです。

サルとキジには、それきり会っていません。

三

# 金太郎《きんたろう》

語り手■クマの金太郎

丹波大江山《たんばおおえやま》の鬼《おに》、酒呑童子《しゅてんどうじ》を退治《たいじ》した源頼光《みなもとのよりみつ》の四天王《してんのう》のひとり、坂田金時《さかたのきんとき》は幼名《ようみょう》を金太郎《きんたろう》といった。足柄山《あしがらやま》で生まれ、父親が武士《ぶし》ではなかったので、苗字《みょうじ》はなかった。なぜ、金太郎の両親があのような山の中に住んでいたか、それについては、わたしは知らない。

金太郎の幼年《ようねん》時代から少年時代にかけての逸話《いつわ》が、いわゆる『金太郎』であり、これは、かんたんにいってしまうと、

「むかし、金太郎という子がいた。けものと遊び、クマとすもうをとって、勝った。太い木をたおし、それで川にかかる橋を造《つく》った。力持ちを見こまれ、さむらいになり、京にいった。」

ということになる。

クマとすもうをとって勝ち、木をたおして橋を造る。要《よう》するにこれは、力持ちの少年の話で、金太郎の最大《さいだい》の特徴《とくちょう》は力持ちだということだと、たいていの人間が思っているようだ。

しかし、そうではないのだ。

物語のうわっつらだけをたどれば、そういうことになってしまうかもしれない。しかし、金太郎《きんたろう》はただの力持ちではなかった。

金太郎は足柄峠《あしがらとうげ》で源《みなもとの》頼光《よりみつ》の家来《けらい》になるのだが、ふたりが会ったとき、金太郎はまだ少年であり、源頼光は都の有力な武士《ぶし》だったのだ。どのようにすれば、田舎《いなか》の力持ちの少年が都の武士の家来になれるのか……。

金太郎が力持ちだという評判《ひょうばん》を聞いて、頼光が金太郎を家来にした……などということがあるだろうか。そのころのことを知らない者には、なかなかわからないだろうが、頼光の家来になど、かんたんにはなれない。力持ちくらいでは、話にならないのだ。では、どのようにして、金太郎は頼光の家来になったのか？

わたしはそのことを話そうと思う。


わたしは金太郎が生まれたときから知っている。まだよちよち歩きをしていたころ、金太郎《きんたろう》の母親は赤い腹掛《はらが》けをぬい、それを金太郎に着せた。金太郎はその腹掛けをたいそう気にいり、からだが大きくなるにつれ、何枚《なんまい》も、いや何十枚も、母親に作りなおしてもらっていた。

金太郎は力持ちであるだけではなく、それと同時に、たいへんかしこい子だった。

金太郎が大木《たいぼく》をたおし、川に橋をかけたというのはほんとうだ。

しかし、まさかりで木をたおすことはできても、力持ちというだけでは、川に橋はかけられない。太い木を切って、それを川岸までころがしていき、橋にするなどというのは、口でいうのはたやすいが、そんなにかんたんではないのだ。一度か二度わたったら、それでこわれてしまうようなものでなく、長く使える橋にするためには、いろいろな計算が必要《ひつよう》だ。たし算とひき算だけでは、とても無理《むり》だ。もっと複雑《ふくざつ》な計算がいる。金太郎にはそれができた。

力があり、そしてかしこいこと、金太郎がすぐれているのはそのふたつだけではない。それより何より、金太郎のすぐれていた点は、動物と話ができたということなのだ。

哺乳類《ほにゅうるい》であればたいてい、動物は人間が何を話しているか理解《りかい》できる。鳥類《ちょうるい》でもできる者がいる。しかし、たとえばわたしのような、人間の言葉をしゃべる動物があまりいないように、動物の言葉を理解する人間はきわめてまれだ。金太郎《きんたろう》はそれができた。だからこそ、山に住むシカだのキツネだのウサギだのと、そしてクマとも遊ぶことができたのだ。

だから、クマと、つまり、わたしとすもうをとることはできたし、じっさいに、何度もすもうをとった。しかし、わたしは一度も金太郎に負けたことはない。わざと負けるなどという失礼《しつれい》なことを、わたしは金太郎にしたことはない。金太郎はわたしに何度負けても、わたしとすもうをとりたがった。

ともあれ、わたしと金太郎がつきあえたのは、わたしが人間の言葉を使えたからではない。わたしがクマの言葉で話しても、金太郎がわたしのいっていることをしっかり理解したからだ。

わたしは、金太郎という少年のたぐいまれな才能《さいのう》を惜《お》しんだ。足柄山《あしがらやま》などという田舎《いなか》で、一生を終わらせたくなかった。

橋のことを考えてほしい。まさかり一本で大木《たいぼく》をたおしたり、その大木で川に橋をかけることは力と知恵《ちえ》さえあれば、だれでもできる……、というものだろうか。

そうではない。もっとだいじなことが必要《ひつよう》なのだ。それは、ここに橋があったら、人々にとって、どんなに便利《べんり》だろうかと、そう思うことなのだ！

金太郎《きんたろう》には、そういう徳《とく》があったのだ。

知力、体力、そして、徳力《とくりょく》ともいうべきだろうか。この三力《さんりょく》すべてをそなえた者を田舎《いなか》でくちはてさせてはならない。ぜひとも、都にのぼらせ、日本の国のためにはたらいてもらわねばならない。

わたしはそう思った。

そんなある夜。足柄山中《あしがらさんちゅう》で、数十名の家臣《かしん》をしたがえた武士《ぶし》が野営《やえい》をした。

それが源頼光《みなもとのよりみつ》だ。

わたしはそのとき、それが源頼光だとは知らなかった。

一頭のシカから、林の中で武士《ぶし》が野営《やえい》をしていると聞き、ようすを見にいくと、松明《たいまつ》のあかりでも、武士たちのきらびやかさがわかった。

これは都の武士にちがいないとわたしは思い、次の朝早く、わたしは金太郎《きんたろう》の家近くまでいって、金太郎を外に呼《よ》びだした。そして、こういったのだ。

「いいか、金太郎。これは一生に一度あるかないかの好機《こうき》だ。わたしのあとについてこい！　そして、わたしのことをだれかにきかれたら、知らないクマだといえ。仲《なか》がいいなどとは、いってはならない。」

「わかったよ、クマちゃん。」

金太郎はそういったが、金太郎はいつも、わたしをクマちゃんと呼んだ。そして、それがわたしにとって、いちばんの気がかりだった。ここが勝負というとき、わたしをクマちゃんなどと呼ばれてはこまるのだ。

まあ、そのときはそのときだ。すじがきをぜんぶ、金太郎に教えるわけにはいかない。わたしのことを知らないというだけではなく、すじがきをすべて知っていたら、金太郎《きんたろう》はあいてをだましたことになる。

わたしが走りだすと、金太郎はあとからついてきた。

やがて、源頼光《みなもとのよりみつ》たちが野営《やえい》している林が見えてきた。

見れば、朝飯《あさめし》のしたくなどをしている。

わたしは、その林に突進《とっしん》し、切《き》り株《かぶ》に腰《こし》かけていた大将《たいしょう》らしい男に、どんと体当たりをくらわせた。そして、たおれたあいてにおおいかぶさり、けがをしない程度《ていど》に頭をなぐりつけた。

びっくりしたのはその武士《ぶし》だけではない。あとからきた金太郎も、ずいぶんおどろいたことだろう。

そのとき、わたしは心の中で念《ねん》じた。

金太郎、わたしをクマちゃんと呼《よ》ぶな。できれば、クマと呼びすてにしろ！

ところが、金太郎はわたしをクマちゃんとも呼ばず、呼びすてにすることもなかった。

ただひとこと、

「何をするのだ！」

とさけんだのだ。

わたしは、

「グゲーッ！」

と、わざとらしくならない程度《ていど》に恐怖《きょうふ》のさけび声《ごえ》をあげ、逃《に》げだした。

金太郎《きんたろう》はわたしを追おうとしたが、できなかった。武士《ぶし》たちに引きとめられたのだ。

わたしは近くにひそんで、ようすを見ていた。

すぐに金太郎の両親がつれてこられた。都の武士のあぶないところを金太郎が救《すく》ったということで、武士は金太郎と両親に礼をいった。そして、その日のうちに、金太郎は両親といっしょに、武士について、都に引っこしていったのだ。

それから十年ほどたったころだろうか。

わたしが足柄山中《あしがらさんちゅう》を歩いていると、

「クマちゃん、クマちゃーん！」

と呼《よ》ぶ声がした。

それはおとなの声だったが、わたしはすぐにそれが金太郎《きんたろう》だとわかった。

道に出て、声のするほうを見ると、よもぎ色の直垂姿《ひたたれすがた》の武士《ぶし》が馬に乗って林の中を見ていた。

「おおい、金太郎！」

わたしが呼ぶと、武士は馬からおり、走ってきた。そして、わたしのすぐそばにかけよると、うれしそうにいった。

「よかった。まだ足柄山《あしがらやま》にいたんだな。クマちゃん。元気だったか。」

金太郎はあいかわらず、わたしをクマちゃんと呼び、両親とともに都にうつってからの話をしてくれた。だが、そのときに聞いたこまごましたことをここで話しても、長くなるからやめておく。

金太郎をつれていったのは源頼光《みなもとのよりみつ》という身分の高い武士で、金太郎は坂田《さかた》という

苗字《みょうじ》をもらい、今は金太郎《きんたろう》ではなく、金時《きんとき》と呼《よ》ばれていることなどをいい、

「頼光様《よりみつさま》もだが、わたしもその四天王《してんのう》と呼ばれ、都ではわたしを知らない者はいないだろう。」

などと自慢話《じまんばなし》をして、てれくさそうに笑《わら》った。

そして金太郎は、足柄山《あしがらやま》にもどってきたわけをいった。

「クマちゃん。わたしはクマちゃんに会いにきたのだ。今会っておかないと、一生会えないというか、ひょっとすると、まもなく命を落とすことになるかもしれないと思ってな。わたしが今の地位《ちい》にいて、両親も何不自由《なにふじゆう》なく暮《く》らせるのは、もとはといえば、ぜんぶクマちゃんのおかげだ。クマちゃんはわたしの友というだけではなく、恩人《おんじん》だ。人じゃないがな。だから、わかれをつげにきたのだ。わたしは頼光様につきしたがって、都近くの大江山《おおえやま》という山に住む鬼《おに》を退治《たいじ》しにいくことになった。しかし、源頼光様とその四天王といっても、あいてが鬼ではなあ……。」

それを聞いて、わたしは十年まえに林の中でひと芝居《しばい》うったことを後悔《こうかい》した。

あんなことをしなければ、金太郎《きんたろう》は足柄山で、貧《まず》しくとも天寿《てんじゅ》をまっとうできただろう。それを、鬼退治《おにたいじ》にむかわせることになってしまって……と。

そのとき、わたしと金太郎は道ばたの石にすわって、話をしていた。

どこかで鈴虫《すずむし》が鳴いた。

かすかな風が、わたしの耳をかすめていった。

金太郎は最後《さいご》にこういった。

「クマちゃん。昔は名など気にもとめず、わたしはクマちゃんをクマちゃんと呼《よ》んでいた。クマちゃんは、ほんとうはなんという名なのだ？」

「名まえなどないよ。」

わたしがそういうと、金太郎は、

「そうか。それなら、ちょうどいい。わたしは金太郎という名をもう使ってない。だから、わたしから金太郎という名をもらってくれないか。」

といって立ちあがった。

わたしも立ちあがり、いった。

「いいとも。では、これからは金太郎《きんたろう》と名乗ることにする。」

金太郎が馬に乗っているあいだに、わたしは馬の耳に、

「こいつをよろしくな。」

とささやいた。

馬がうなずいて、いなないた。

馬の上で金太郎がいった。

「もっと長く話をしたいのだが、すぐに都にもどらないといけないのだ。さらばだ、クマちゃん。いや、金太郎！　いつまでも元気で！」

「おまえもな、坂田金時《さかたのきんとき》！」

わたしの言葉に、大きくうなずくと、坂田金時は馬をとばして、坂をくだっていった。

それきり、坂田金時には会っていない。

しばらくして、源頼光《みなもとのよりみつ》と四天王《してんのう》が酒呑童子《しゅてんどうじ》という鬼《おに》をたおしたことを旅人が歩き

ながら話していたそうだ。無事《ぶじ》、鬼退治《おにたいじ》から都にもどり、源頼光《みなもとのよりみつ》と四天王《してんのう》はその名を都にとどろかせたという。それをサルが聞いて、わたしに話してくれた。

## あとがき

カメが語った『浦島太郎《うらしまたろう》』とイヌが話した『桃太郎《ももたろう》』はいかがでしたか？　それから、クマの話していった『金太郎《きんたろう》』は？

『浦島太郎』についていうと、浦島太郎の主人の敦盛《あつもり》というのは、平敦盛《たいらのあつもり》でしょう。この人は一一六九年生まれの平家の武将《ぶしょう》で、一《いち》の谷《たに》というところの合戦《かっせん》で源氏《げんじ》の武将、熊谷次郎直実《くまがいじろうなおざね》に討《う》ちとられ、一一八四年に亡《な》くなっております。昔風の数え年だと、十六歳《さい》の若《わか》さで戦《いくさ》にたおれたということになります。源頼朝《みなもとのよりとも》の鎌倉幕府《かまくらばくふ》のはじまりを一一九二年とすると、浦島太郎は少なくとも八年以上《いじょう》、仇討《あだう》ちの機会《きかい》をねらっていたことになる勘定《かんじょう》です。

そのときカメの玄武《げんぶ》は少将《しょうしょう》で、今は大将《たいしょう》のようです。いつ大将になったのかはわかりませんが、竜宮《りゅうぐう》では、出世するのにずいぶん時間がかかるようです。

『桃太郎』についていうと、少なくとも、イヌとサルとキジがどうして桃太郎についていったかということ、なぜおおぜいの鬼《おに》あいてに勝てたのかということはわかりました。

ところが、イヌの源三郎《げんざぶろう》から話を聞いて、源三郎とわかれてしまったあと、わたしはあらたな疑問《ぎもん》がわいてきたのです。もっと早くそれに気づけば、源三郎にきけたかもしれません。でも、ひょっとすると、きいても源三郎にはわからなかったのではないかとも思います。

それは、桃太郎《ももたろう》が、ほんとうのところ、自分が桃《もも》から生まれたことについて、どう思っていたのかということです。また、自分に系図《けいず》がないことについて、どう感じていたかということです。いつかまた源三郎に会うことがあったら、きいてみようと思います。

ところで、世の中には家柄《いえがら》を自慢《じまん》したり、

「うちの先祖《せんぞ》は武士《ぶし》だった。」

などと鼻高々《はなたかだか》にいう人がいます。

武士がいたのは、江戸時代《えどじだい》までです。江戸時代の終わりを大政奉還《たいせいほうかん》のあった一八六七年とすると、それは今から百五十年もまえです。

人の一代を三十年として勘定《かんじょう》すると、百五十年は五代です。今生まれた赤ん坊《あかぼう》から見ると、その子の一代まえは両親で、およそ三十歳《さい》。そのまた一代まえ、赤ん坊から見て二代まえは祖父母《そふぼ》で、およそ六十歳。祖父母は父方と母方の両方で四人います。その親の曾祖父母《そうそふぼ》だと三代まえで人数は八人で九十歳。四代まえだと十六人で、生きていれば百二十歳。そのまた両親だと、百五十歳で、ここでようやく江戸時代《えどじだい》の終わりにたどりつき、今生まれたばかりの赤ん坊には、三十二人の先祖《せんぞ》がいることになります。

江戸時代の終わりころの武士《ぶし》は全人口の七パーセントくらいだといわれています。七パーセントというのは、百人のうち七人です。百人のうち七人ということは、いいかたをかえると、およそ十四人にひとりです。三十二人も先祖がいれば、そのうちのひとりくらい武士の身分の人がいたでしょう。

武士の日本支配《しはい》は鎌倉幕府《かまくらばくふ》にはじまります。今から八百年以上《いじょう》まえです。それまでの先祖《せんぞ》の数はどれくらいになるでしょう。計算すれば出ますから、算数の得意《とくい》な人は計算してみてください。ものすごい数です。

こうなってくると、先祖が武士《ぶし》だったかどうかなんて、ほとんど意味のないことではありませんか。先祖をだいじにすることはいいことだとしても、先祖が武士だったと自慢《じまん》しても、意味がありません。自慢されているほうも、先祖に武士がいるのですから。

それから、系図《けいず》というのは、主に男系《だんけい》です。つまり父親やその父親、それからそのまた父親というふうに、父親つながりの連続《れんぞく》です。親はお父さんだけですか？　お母さんは親ではないのですか？

ほらね。そういう系図なんて、問題にするのは男女差別《さべつ》でしかありません。

話がそれてしまいました。

そうそう、きき忘《わす》れたといえば、カメにもきかなかったことがあります。それは、ほんとうのところ、乙姫《おとひめ》と浦島太郎《うらしまたろう》は、たがいにどう思っていたかということです。

おたがいに、あいてのことが好《す》きだったのではないかと、そんな気がしませんか。

せっかくのチャンスだったのだから、それをカメにきいておけばよかったと思うのですが、きっとカメは、知っていても、答えなかったでしょう。

最後《さいご》につけくわえると、坂田金時《さかたのきんとき》は実在《じつざい》の人物ということになっていて、九五六年生まれで、亡《な》くなったのは一〇一二年ということです。それで、九七六年の五月に足柄峠《あしがらとうげ》で源頼光《みなもとのよりみつ》と会い、酒呑童子退治《しゅてんどうじたいじ》は九九〇年だったとのことです。

年表ができてしまいますね。昔話の主人公で、年表ができるのは、坂田金時くらいでしょうかねえ……。

作・**斉藤 洋**（さいとう ひろし）

東京都生まれ。中央大学大学院文学研究科修了。『ルドルフとイッパイアッテナ』で講談社児童文学新人賞、『ルドルフ ともだち ひとりだち』で野間児童文芸新人賞、『ルドルフとスノーホワイト』で野間児童文芸賞を受賞。一九九一年、路傍の石幼少年文学賞を受賞。作品に「白狐魔記」シリーズ、「西遊記」シリーズ、「なん者・にん者・ぬん者」シリーズ、『K町の奇妙なおとなたち』『オイレ夫人の深夜画廊』『らくごで笑学校』などがあり、出版点数は三〇〇を超える。

絵・**広瀬 弦**（ひろせ げん）

東京都生まれ。絵本・挿し絵などで個性豊かな作品を発表している。「かばのなんでもや」シリーズで産経児童出版文化賞推薦、『空へつづく神話』で産経児童出版文化賞を受賞。絵本に『とらねことらたとなつのうみ』『けんけんけんのケン「ふたりでるすばん」のまき』『まり』など、挿し絵の作品に『いそっぷ詩』、「西遊記」シリーズ、『平家物語』『おとなになる本』『とどろヶ淵のメッケ』などがある。

# サブキャラたちの日本昔話

2018年7月　1刷
2019年10月　3刷

作　者　斉藤 洋
画　家　広瀬 弦

発行者　今村正樹
発行所　偕成社
〒162-8450 東京都新宿区市谷砂土原町3-5
電話 03-3260-3221［販売部］ 03-3260-3229［編集部］
http://www.kaiseisha.co.jp/
印刷所　中央精版印刷株式会社
製本所　株式会社常川製本
装　丁　森枝雄司


20cm 103p. NDC913 ISBN978-4-03-643190-8
Published by KAISEI-SHA. Printed in Japan.

本のご注文は、電話、ファックス、またはEメールでお受けしています。
Tel : 03-3260-3221　Fax : 03-3260-3222　e-mail : sales@kaiseisha.co.jp